L'ÉCHO

DU

SANCTUAIRE;

Par Adrien Beuque,

Membre de l'Académie

DE BESANÇON ET DE L'INSTITUT HISTORIQUE.

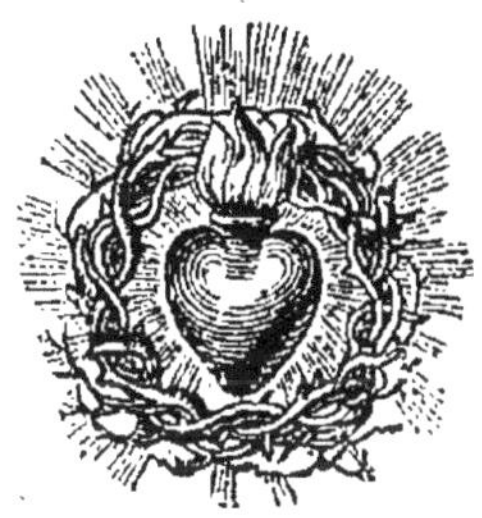

Paris.

A. JEANTHON ET MAZUYER,

11, PLACE SAINT-ANDRÉ-DES-ARTS.

—

1836.

L'ÉCHO

DU SANCTUAIRE.

SAINT-DENIS. — IMPRIMERIE DE PREVOT.

L'ÉCHO

DU

SANCTUAIRE;

Par Adrien Beuque,

Membre de l'Académie

DE BESANÇON ET DE L'INSTITUT HISTORIQUE.

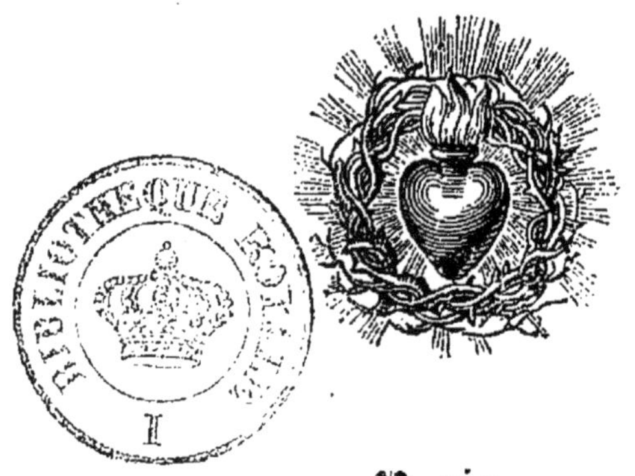

Paris.

A. JEANTHON ET MAZUYER;

11, PLACE SAINT-ANDRÉ-DES-ARTS.

1836.

Avertissement de l'Éditeur.

Le fonds poétique de l'auteur, même dans le genre sacré, est loin d'être borné à ce léger volume. L'*Écho du Sanctuaire* n'est, à vrai dire, qu'un premier essai, qu'un échantillon pur et simple de ce qu'il peut livrer encore au public, s'il a le bonheur d'être goûté, favorablement accueilli par ce juge suprême qui fait, en dernier ressort, la bonne ou la mauvaise renommée des écrivains. Heureux de lui offrir aujourd'hui, sinon une œuvre parfaite, au moins des vers irréprochables sous le triple rapport des mœurs, du dogme et de la morale; l'auteur aime à penser, et je l'espère avec lui, que son zèle et ses efforts pour le bien ne seront pas méconnus et qu'on lui saura quelque gré, dans un temps si fécond en productions dangereuses ou coupables, d'offrir à la jeunesse des deux sexes, comme à tous les âges, une lecture noble et attachante, une suite de petits poëmes édifians, que l'innocence et la vertu ne pourront jamais désavouer.

PRÉLUDE.

A mes confrères les Poètes.

Et in Arcadiâ ego !...

Nobles régens et maîtres du Parnasse ;
O du pays et l'amour et l'orgueil !
Est-il encore une modeste place
Pour l'inconnu qui frappe à votre seuil ?

Permettez-vous qu'une muse nouvelle,
A vos banquets, humble, vienne s'asseoir?
L'aimerez-vous comme une sœur jumelle
Que l'on chérit dès qu'on a pu la voir?

Prêterez-vous à son essor timide,
Dignes soutiens, le secours de vos bras;
Et, généreux autant qu'elle est candide,
Votre flambeau pour assurer ses pas?...

Salut, alors, honorables confrères,
Doctes aînés d'un cadet fort soumis!
Jeunes ou vieux, soyez encor mes pères,
Soyez, surtout, s'il se peut, *mes amis!*

Car j'ose enfin, rois de la poésie,
Mêler ma voix à vos brillans concerts;
J'ose sans peur, comme sans jalousie,
Après vos chants faire écouter mes vers.

Quand vous versez les trésors de la lyre,
A flots brûlans, sur le monde étonné ;
Le même Dieu qui vous parle, m'inspire ;
Et je lui dois le peu qu'il m'a donné.

Si dans mon ame il est quelque puissance,
Si dans ma lyre il est d'heureux accords,
Je les consacre à la magnificence
Du Dieu vivant qui bénit mes transports...

Tastu, Valmor, Lavigne, Lamartine,
Musset, Hugo, souriez à mes vœux :
Guidez mes pas sur la verte colline
Où vous rendez vos oracles fameux !

Mon faible lûth ne peut porter ombrage
Qu'à des rivaux, qu'à des chantres obscurs :
J'aurai toujours sur ma lèvre un hommage
Pour vos grands noms et vos talens si purs !

A vous, vainqueurs, le prix de la victoire,
L'ample moisson de lauriers entassés !...
A moi, glaneur dans le champ de la gloire,
Quelques rameaux de vos fronts délaissés !

Changement de Muse.

CHANGEMENT DE MUSE.

O Musa, tu, che di caduchi allori
Non circondi la fronte in Elicona;
Ma su nel cielo, infra i beati cori,
Hai di stelle immortali aurea corona;
Tu, spira, al petto mio, celesti ardori!...

TASSE, *Jérusal. déliv.*, chant 1er.

Enfin, las de chanter, j'avais posé ma lyre ;
Mais la muse Erato s'en saisit et soupire,
Et la faisant vibrer sur de nouveaux accords :
« Quoi ! me dit-elle, eh quoi ! poète, tu t'endors ?...

2

« Déjà rassasié de vers et d'harmonie,

« Tu veux donc renoncer aux palmes du génie?...

« Ingrat ! je t'inspirais des chants mélodieux

« Faits pour ravir d'extase et la terre et les cieux :

« Bien plus, avec mes sœurs, les filles de mémoire,

« J'allais t'ouvrir, enfin, le temple de la gloire ;

« Et tu vas enfouir, dans l'ombre du repos,

« Mes faveurs, mes bienfaits, le prix de tes travaux!...

« Non, non ; reprends ton luth : au Pinde il est encore

« Des sentiers ombragés que le vulgaire ignore ;

« Il est de verts gazons, des antres toujours frais,

« Que je sus dérober aux regards indiscrets.

« C'est là que, chaque jour, instruisant Lamartine,

« J'éveillai les transports de sa verve divine ;

« C'est là que, méditant de célestes concerts,

« Il apprit ces accords qui charment l'univers.....

« Une autre muse, en vain, plus grave, plus austère,

« L'enlevant de mes bras, le cache avec mystère ;

« De l'Hypocrène, en vain, il fuit les bords fleuris :

« C'est moi qui le formai, c'est moi qui le nourris ;

« Ses accens si flatteurs me doivent tous leurs charmes.

« Mais le cruel m'oublie ; il se rit de mes larmes ;

« Il me délaisse, enfin!... Viens consoler mon cœur.»

Ainsi parla ma muse ; une vive rougeur
Colorant de son front la teinte ravissante,
La rendit à mes yeux encor plus séduisante.
Ému de ses discours, touché de ses appas,
Je reprenais ma lyre et je suivais ses pas...
Quand, du sein radieux de la voûte azurée,
Soudain je vis descendre une vierge sacrée,
Qui, vers moi dans les airs dirigeant son essor,
Accompagnait ses chants sur une harpe d'or.
Son regard doux et pur et son maintien modeste
Respiraient les attraits d'une grâce céleste.
Oubliant Érato qui fuit à son aspect,
Je m'arrête, et mon front s'incline de respect.

« Ange ou divinité, fille du ciel, lui dis-je ,
« Apprends-moi ton destin, par quel heureux prodige
« Tu viens de l'Empyrée au séjour des mortels ?
« Faut-il, en ton honneur, ériger des autels ?
« Parle : ébloui des feux de ton saint diadème,
« Je le suis plus encor de ta beauté suprême. »

« O mon fils, répond-elle, adore la grandeur
« Du Dieu dont l'univers réfléchit la splendeur,

« Et cesse d'invoquer une muse profane

« Que la raison réprouve et que la foi condamne ;

« Dont les lâches accens, dont la perfide voix

« Énervent les esprits et les cœurs à la fois ;

« Qui, du vieux paganisme évoquant les chimères,

« Ne repaît ses amans que de fleurs mensongères...

« Heureux, si, prévenus de ses illusions,

« Ils ne brûlent encor de folles passions,

« Et, chantres trop naïfs d'une terrestre flamme,

» A l'impure Vénus ils ne livrent leur ame !

« Fais un plus noble emploi de l'ineffable don

« Que tu tiens du Très-Haut, et non pas d'Apollon :

« Consacre à le louer et tes jours et tes veilles ;

« Célèbre, en tes concerts, ses augustes merveilles...

« C'est lui que je t'annonce : immense et glorieux,

« Sans principe et sans fin, son trône est dans les cieux !

« Souverain Créateur, sa parole féconde

« Enfanta du néant les astres et le monde :

« Il creusa de son doigt les abîmes des mers,

« Et d'animaux sans nombre il peupla l'univers.

« A lui soient à jamais et la gloire et l'empire !

« Que la terre et les cieux, que tout ce qui respire

« Exaltant, à l'envi, sa gloire et sa bonté,

« Offre un hymne d'amour à sa divinité !

« Pour moi, je suis la vierge antique et révérée,

« La muse de Sion, fille de l'Empyrée,

« Qui, brûlant d'un saint zèle et de chastes transports,

« Des prophètes, jadis, secondai les accords ;

« Qui, de David en pleurs inspirant les cantiques,

« Remplis d'un feu divin ses versets magnifiques.

« C'est moi qui fis monter au plus sublime ton

« Et la lyre du Tasse et celle de Milton ;

« Qui, dans ses vers sacrés, éternisai Racine,

« Et qui module, enfin, les chants de Lamartine !...

« Ose suivre, mon fils, ces poètes fameux ;

« Rends-toi digne de moi, tu seras digne d'eux.

« Prends ce dernier, surtout, pour guide, pour modèle:

« Depuis que je l'inspire, enflammé d'un beau zèle,

« De sons religieux, à ma harpe ravis,

« Il fait frémir d'amour les murs du saint Parvis ;

« Célébrant, par avance, en chœur avec les anges,

« Le nom de l'Éternel, sa gloire et ses louanges,

« C'est ainsi qu'il prélude au divin Hosanna,

« Qu'il doit chanter sans fin au sein de Jéhovah !

« Tu ne peux, déployant les ailes du génie,

« Dérober, comme lui, la céleste harmonie ;

« Mais au feu de ses chants en épurant tes vers,

« Tu sauras, par mon aide, ennoblir tes concerts. »

De sa harpe, à ces mots, elle effleure ma lyre.
Le cœur saisi, soudain, du plus brûlant délire,
Je vole avec ivresse aux portes du saint lieu
Pour offrir mon encens au véritable Dieu.
La Vierge, cependant, s'élevant à ma vue,
S'entoure de vapeurs et se perd dans la nue,
En semant après elle un bruit harmonieux
Qui fait vibrer long-temps et la terre et les cieux.

Invocation à Marie.

INVOCATION A MARIE.

(A l'époque du Choléra.)

*Quœ est ista quœ progreditur quasi
Aurora rutilans ?...*

Cant., Cant.

Quelle est cette beauté, cette Vierge immortelle
Qui s'offre à mes regards au lever du matin?
Fraîche comme l'aurore et brillante comme elle,
Sur son front radieux la couronne étincelle;
La lune est sous ses pieds, le sceptre dans sa main.

Joignant à la splendeur une grâce modeste,
Elle enivre mon ame, elle éblouit mes yeux :
Tout est suave en elle, ineffable, céleste ;
Tout annonce aux humains, tout à mon cœur atteste
Qu'elle est la Fille sainte et la Reine des Cieux !

A l'aspect imprévu d'une telle merveille,
J'interroge mes sens que je crois égarés :
Peut-être, dis-je, hélas ! que mon esprit sommeille...
Mais ne pouvant douter que j'admire et je veille,
Ma prière s'exhale en ces mots inspirés :

« Salut, Vierge féconde, ô divine Marie !
« Pleine de majesté, de grâce, de douceur ;
« Des anges, des mortels, Reine auguste et chérie !
« Que ta bouche, à nos vœux, que ta bouche sourie
« Intercédant pour nous auprès du Rédempteur !

« Salut, temple d'amour, sublime créature,
« De toutes les vertus mystérieux miroir ;
« Colombe de Sion qui naquis belle et pure
« Et portas dans ton sein le Dieu de la nature !
« Sois, après lui, l'objet de mon plus doux espoir !

« Des célestes parvis tu descends vers la terre
« Sur les ailes d'azur des brûlans séraphins;
« Tu viens calmer les maux, soulager la misère
« D'un peuple qui t'invoque et te nomme sa mère,
« Et qui t'a confié sa gloire et ses destins !

« Détourne le fléau qui pèse sur nos têtes
« Et moissonne à l'envi les enfans, les vieillards!...
« Il ne peut avancer si, d'un mot, tu l'arrêtes...
« Oui, ce mot, plus puissant que le bruit des tempêtes,
« Oppose à ses fureurs d'invincibles remparts.

« Ouvre-nous donc tes bras, et sois notre refuge
« Au milieu des dangers qui menacent nos jours!...
« Ah ! comment échapper à cet affreux déluge,
« Si ton cœur maternel ne fléchit notre juge,
« Si tu ne viens, enfin, nous prêter ton secours ?...

« Souviens-toi que jadis tu connus la souffrance;
« Qu'aucun mortel jamais ne te réclame en vain;
« Que tu veilles, des cieux, sur notre belle France;
« Qu'elle a fondé sur toi sa plus ferme espérance
« En invoquant l'appui de ton nom souverain !

3

« Étoile de la mer, brille au sein des nuages ;
« Calme l'effort des vents et le courroux des flots ;
« Conduis-nous, sans péril, aux célestes rivages
« Où nous pourrons, enfin, braver tous les orages,
« Et goûter les douceurs de l'éternel repos ! »

Noël !

NOËL !

Puer natus est nobis !

Isaïe.

Que la terre applaudisse en ce jour d'allégresse !
Que le monde sauvé tressaille et jette au ciel
Un cri, sublime écho de la brûlante ivresse
    Qui ravit Israël !
    Noël ! Noël !

Oui, les temps fécondés enfantent le miracle,
Le chef-d'œuvre d'amour qu'avait prédit Daniel :
Fidèle à sa bonté, fidèle à son oracle,
    Dieu rachète Israël !
    Noël ! Noël !

Il fut prophétisé, ce grand jour de victoire,
D'Adam à Zacharie et de Sem à Joël ;
Abraham et David entrevirent sa gloire
    Brillant sur Israël !
    Noël ! Noël !

Un enfant nous est né ; tendre et divin Messie,
Promis des nations et Sauveur éternel :
C'est le Saint, le Dieu fort que nommait Isaïe ;
    C'est le Roi d'Israël !
    Noël ! Noël !

Pauvre enfant ! par sa mère enveloppé de langes...
Déjà tout abreuvé d'un calice de fiel !...
Mais, non loin de sa crèche, on entendait les anges
    Chanter dans Israël :
    « Noël ! Noël ! »

Verbe de Jéhovah, comme lui Dieu suprême,
Descendu, pour mourir, de son trône immortel !...
C'est l'agneau du Seigneur qui s'immole lui-même
Au salut d'Israël !
Noël ! Noël !

Gloire au plus haut des cieux, gloire au Fils comme
[au Père !
Gloire à l'Esprit d'amour !... Hosanna solennel !...
Paix à l'humble de cœur, aux justes de la terre,
Aux enfans d'Israël !
Noël ! Noël !

L'Eucharistie.

L'EUCHARISTIE.

Ecce panis angelorum !
Prose du Saint-Sacrement.

O prodige d'amour ! ô merveille ! ô miracle !
Qu'entends-je ? à l'instant même, au pied du tabernacle,
Le Fils de l'Éternel va descendre des cieux !...
Il vient, environné des terribles phalanges
Des Trônes, des Vertus, des chœurs de tous les anges ;
Mais dans sa gloire encore invisible à mes yeux.

Soudain l'airain frémit, la prière commence :
Dans un religieux et modeste silence
Tout le peuple respire une sainte ferveur...
Les dons purs sont offerts sur la pierre sacrée ;
Le vin coule... l'hostie enfin est préparée...
L'encens fume et s'élève au trône du Seigneur.

Le prêtre a murmuré de ses lèvres tremblantes
Ce symbole éternel, ces paroles vivantes :
«*C'est mon corps... c'est mon sang...* » je réponds :
        ·[« *C'est mon Dieu !* »
Et déjà prosterné le front contre la terre,
J'unis, en adorant cet auguste mystère,
L'encens de mon amour aux parfums du saint lieu.

Gloire ! honneur ! Hosanna !... salut, ô Dieu victime
Qui, pour nous arracher à l'infernal abîme,
Daignas naître mortel et mourir sur la croix !...
Maintenant glorieux, immolé sans supplice,
Tu viens remémorer ton brûlant sacrifice,
Et prodiguer ton corps et ton sang à la fois.

Que te rendre, ô Jésus ! et que peut ma faiblesse
Pour répondre jamais à ta vive tendresse ?...

Ah ! je n'ai que mon cœur, mes larmes et mes vœux...
Reçois aussi mon sang, mon esprit, tout mon être...
C'est trop peu, même encor, c'est trop peu reconnaître
Et ton amour immense et tes soins généreux !

J'exhalais en ces mots ma fervente prière ;
Et levant vers l'autel une humide paupière,
J'osais chercher des yeux mon divin Rédempteur ;
J'osais... mais à mes sens s'il dérobe sa gloire,
Faut-il que ma raison se trouble, hésite à croire
Que le pain et le vin m'offrent ce Dieu sauveur ?...

Contrit, humilié, le cœur saisi de crainte,
Je proférai tout bas mon amoureuse plainte,
Et j'appelai vingt fois le ciel à mon secours :
Une voix, cependant, de moi seul entendue,
Rassurant mes esprits et mon ame éperdue,
Tonna du haut des cieux et me tint ce discours :

« Rends hommage, Chrétien, à la vérité même !
« Le Fils de l'Éternel, dans sa bonté suprême,

« Daigne s'anéantir pour mieux s'unir à toi :
« S'il change, en ta faveur, les lois de la nature ,
« S'il se montre à tes yeux breuvage et nourriture ,
« Peux-tu le méconnaître au flambeau de la foi ?

« C'est lui !... tout embrasé d'une céleste flamme,
« Il te livre , en ce jour, et sa chair et son ame ,
« Son sang vermeil et pur et sa divinité ;
« Vivant, sur la patène il tressaille, il frissonne...
« Dans le calice d'or le sang divin bouillonne...
« Mais ce prodige échappe à ton infirmité.

« Ah ! crois-en sa parole ; adore ses oracles !
« C'est ici le plus grand de ses nombreux miracles...
« Pour ranimer ta foi, ton esprit languissant,
« Souviens-toi qu'il voulut, et qu'il fit la lumière ;
« Songe que du néant il tira la matière ;
« Que rien n'est impossible à l'Être tout-puissant !

« Approche avec amour de cette table sainte :
« Tu peux, à ton Sauveur, tu peux venir sans crainte;

« Il brûle d'habiter le temple de ton cœur...

« Absous de tes péchés et des moindres souillures,

« Sur le modeste lin ouvre tes lèvres pures,

« Et goûte de l'agneau l'ineffable douceur !

« Oui, c'est ton bien-aimé, c'est ton Dieu que tu manges;

« C'est la manne du ciel, c'est le vrai pain des anges

« Que ta bouche savoure en ce divin banquet...

« Ne le ressens-tu pas à la brûlante ivresse,

« Aux saintes voluptés, aux larmes de tendresse

« Dont ton ame s'inonde et s'abreuve en secret ?

« Ah ! pour mieux éprouver jusqu'où va ta constance,

« Quelle est de ton amour l'humble reconnaissance,

« Si Jésus, un moment, te dérobe ses feux ;

« Loin d'exhaler encor le plus léger murmure,

« Que ton cœur, sur son cœur, repose et se rassure...

« Près de lui n'es-tu pas au comble de tes vœux ?

« Élève tes regards au-dessus de la terre :

« Tu portes dans ton sein le maître du tonnerre,

« Celui qui règne au ciel de toute éternité...
« Chrétien, garde à jamais sa grâce et sa présence ;
« Garde, d'un soin jaloux, cette faveur immense,
« Ce germe glorieux de l'immortalité !

« Chante, chante, sans fin, le sublime cantique,
« Le cantique nouveau que l'esprit prophétique
« Révéla, dans Pathmos , au fils de Salomé :
« *Saint, saint, saint, le Seigneur qui doit venir encore !*
« Oui, celui que ton cœur sur cet autel adore
« Viendra juger le monde à ses pieds consumé !

« Il viendra, déployant sa majesté suprême,
« Lancer sur les pécheurs son dernier anathême,
« Et venger de ses dons le sacrilège abus :
« Il viendra, plein d'amour, à ses noces charmantes
« Convier des élus les troupes triomphantes...
« Volez, aigles du ciel !... Venez, Seigneur Jésus ! »

A ces mots s'éteignit la voix mystérieuse :
Le temple était désert, la nef silencieuse ;

Une sainte frayeur avait glacé mes sens.
J'adorai de nouveau, le front dans la poussière,
Le Dieu qui remplissait mon ame tout entière,
Et rendis grâce, encor, par ces derniers accens :

O sacrement d'amour ! doux et sensible gage
Des délices sans fin qui seront mon partage,
Tu combles, ici-bas, tous les vœux de mon cœur :
Je chante tes bienfaits , je savoure tes charmes ;
C'en est assez, grand Dieu ! pour essuyer mes larmes...
Un jour, sans voile, un jour je verrai ta splendeur !

A Madame de Lapparent.

A MADAME DE LAPPARENT

SUR LA MORT DE SON ANGELINA AU BERCEAU.

> Et rose, elle a vécu ce que vivent les roses,
> L'espace d'un matin.
> MALHERBES, odes.

Sur un lit de douleur, au lever de l'aurore,
Repose un jeune enfant;
On ne peut augurer, du mal qui le dévore,
Le destin qui l'attend.

Soudain l'affreuse Mort lance un regard d'envie
    Sur ce fruit de l'amour,
Et, d'un bras sans pitié, lutte contre sa vie
    Pour lui ravir le jour.

Eh quoi ! tant de douceur, de grâce, de simplesse
    Ne sauraient te fléchir ?.....
Barbare !... ah ! du trépas sa riante jeunesse
    Aurait dû l'affranchir !

Sa mère..... oh ! qui pourrait concevoir les alarmes
    Qui troublent ses esprits !...
Elle soutient sa fille, elle verse des larmes
    Et l'appelle à grands cris.....

Vers le triste berceau, père, amis, tout s'élance
    Dans un mortel émoi ;
Et le fils d'Hypocrate, épuisant sa science,
    A tressailli d'effroi.....

O Mort ! fais éclater ton infernale joie,
    Tes horribles transports !...

La victime succombe..... elle devient ta proie,
    Le prix de tes efforts !

Oui, déjà de son front la pâleur jaunissante
    A terni la fraîcheur,
Et l'incarnat léger de sa bouche mourante
    A perdu sa couleur.

Sur le moelleux duvet sa tête appesantie
    S'incline pour toujours,
Et ses beaux yeux, naguère étincelans de vie,
    Voilent leurs doux contours.

Je l'ai vu... chère enfant ! qu'elle était belle encore
    Dans cet affreux sommeil !...
Le cœur, hélas ! percé du coup que je déplore,
    J'attendais son réveil.....

Vain espoir !.... c'en est fait, ô mère inconsolable !
    C'en est fait pour jamais.....
La mort sourde à nos vœux, la mort impitoyable
    L'enlève à tes regrets !

Non, ta fille n'est plus..... ta fille, hélas! si chère,
A peine à son printemps,
Est tombée, en ce jour, sous la faux meurtrière,
Comme l'herbe des champs.

Elle n'est plus!... que dis-je? ô sublime pensée!
Appui consolateur!
L'ame ne peut mourir... elle s'est élancée
Vers le Dieu Créateur!

Elle vit!... regardez!... là voyez-vous sourire
En montant dans les airs ?...
L'entendez-vous?... sa bouche en ce moment soupire
De célestes concerts!...

Oui, tandis qu'ici-bas, sur ces funèbres langes,
Nous contemplons ses traits,
Son ame bienheureuse est au milieu des anges
Dans l'éternelle paix.

Bénissons ses destins; mourir en son enfance
Est un bienfait du ciel...
Elle n'a point goûté d'une longue existence
Et la myrrhe et le fiel!

Abaisse tes regards de la voûte éthérée,
Ange cher à nos cœurs ;
Et fais que le Très-Haut, dans sa bonté sacrée,
Daigne sécher nos pleurs !

A M. Alphonse de Lamartine.

A M. ALPHONSE DE LAMARTINE

EN ORIENT,

Sur la mort de sa Fille.

> *Clama. et dixi : quid clamabo? om-*
> *nis caro fœnum, et omnis gloria*
> *ejus sicut flos agri. Exsiccavit fœ-*
> *num, et flos cecidit, quia spiritus Do-*
> *mini sufflavit in eo. — Isaïe. —*

Quand ta voix solennelle, en quittant la patrie,
Redit les derniers vers de ta muse chérie,

Et porta jusqu'à moi les sons mélodieux ;
Mon ame, palpitante et d'amour et de crainte,
Recueillit ta parole harmonieuse et sainte,
    Tes doux et longs adieux.

Enivré des accords d'une lyre si tendre,
D'un prompt saisissement je ne pus me défendre,
Et j'invoquai le Dieu dont tu cherchais les pas ;
Car un frêle vaisseau suspendait sur l'abîme
Ton cœur et tes destins... ô poète sublime !
    Que je pleurais, hélas !

Une femme, une fille à ton ame si chères,
Compagnes de bonheur, timides passagères,
Avaient quitté pour toi le champêtre séjour ;
Tu lisais, dans leurs yeux languissans de tendresse,
Cet innocent effroi permis à la faiblesse
    Que rassure l'amour...

Ah ! le ciel fut témoin de mes vives alarmes ;
Il reçut ma prière, il vit couler mes larmes

Aux pieds des saints autels d'où partaient mes sanglots :
« Protège, ô Dieu ! conduis ces anges de la terre !
« Retiens les vents captifs, comprime le tonnerre,
        « Gourmande enfin les flots ! »

Et ta nef, en volant sur l'onde obéissante,
N'eut point à redouter la vague rugissante,
Ni les sombres écueils, ni les vents furieux :
Sur une mer d'azur, sous un ciel sans orages,
Tu glissas comme un trait jusqu'aux lointains rivages
        Que dévoraient tes yeux...

Là, se plongea ton cœur ; là, ton ame altérée,
S'abreuvant sans mesure à la source sacrée
Qui lava les forfaits de tout le genre humain,
Tu vis de saints trésors à l'ombre des ruines,
Et ta lèvre effleura les empreintes divines
        Du Cédron au Jourdain.

Dans le rapide essor de ton généreux zèle,
Révéré des chrétiens et du peuple infidèle,

Tu connus d'un beau nom l'ascendant glorieux :
Ibrahim, en triomphe au cœur de la Syrie,
Ne voulut confier qu'à sa troupe aguerrie
      Tes destins précieux.

Mais un fléau vengeur, dans sa marche fatale,
En couvrant d'un long deuil la rive orientale,
Mit le comble aux dangers où tu semblais courir :
Beyreuth fut ton asile en ce péril étrange...
Hélas ! ce faible abri ne put sauver ton ange
      Que le ciel vit mourir !...

O mort ! affreuse mort !... ô stérile prière !...
O cris que n'entend plus une froide poussière !...
Quel coup de foudre, Alphonse ! en ton sein paternel !!!
« Soutiens, Dieu de Jephté, ta noble créature
« Qui se meurt, à tes yeux, de la triple blessure
      « De ton glaive éternel !... »

Je m'arrête... un frisson a troublé ma pensée...
Ma voix vient expirer dans ma bouche glacée...

Époux et père... ô Dieu! je comprends tes douleurs!...
Je comprends qu'il n'est plus désormais sur la terre,
Pour ton cœur... pour le cœur d'une mourante mère,
Qu'un abîme de pleurs !...

Adieu, songe trop cher, ineffable espérance !...
Adieu, douce patrie et beau pays de France !...
Pauvre enfant! son exil, hélas ! est sans retour !!...
Sous l'aile de la mort elle a penché sa tête ;
Mais son ame s'envole et devient la conquête
De l'immortel séjour !

Venez, Filles des cieux; soupirez, Ombres saintes
Qui la vîtes passer dans vos chastes enceintes,
Comme un rayon tombé de l'étoile des mers...
Vous ne la verrez plus, au Carmel élancée,
Faire planer au loin son cœur et sa pensée
Sur vos tombeaux déserts !...

Comme un tendre narcisse, amour de la prairie,
Qu'un souffle dévorant sur sa tige flétrie

Renverse, riche encor des parfums du matin ;
L'Asie a vu mourir cette vierge si belle,
Blanche comme la fleur, et victime comme elle
    D'un rigoureux destin !

Qu'entends-je ? m'écriai-je à ce triste message
Qui vint d'un coup mortel accabler mon courage :
Mon trouble ne fut point un vain jeu du hasard...
Ce ne fut pas envain que mon ame éperdue
Redouta les dangers, l'aventureuse issue
    De ce fatal départ !...

Grand Dieu ! de ta sagesse éternelle, adorable,
Qui pourrait soulever le voile impénétrable
Et de tes jugemens sonder la profondeur ?...
Qu'est-ce que l'homme, encor, auprès de ta lumière ?
N'est-ce point un atome, un seul grain de poussière
    Qu'abîme ta splendeur !...

Le prophète aux échos jette une voix plaintive :
« Toute chair est néant ; sa gloire est fugitive,

« Comme l'herbe des prés, comme la fleur des bois...

« Et l'herbe s'est flétrie, et la fleur est tombée ;

« Et le souffle du ciel sur sa tête courbée

    « N'a soufflé qu'une fois ! »

Que te dirais-je, Alphonse?... Ah ! ton ame sublime

A dû s'anéantir comme le Dieu-victime

Sur le sommet sanglant du sombre Golgotha :

Et ta noble compagne, en sa douleur amère,

A connu les tourmens qu'une *divine mère*

    Près d'un *fils* supporta !...

Quitte, quitte un séjour et de deuil et de larmes !

Si la France pour toi n'a plus les mêmes charmes,

Elle est ta mère, encore, et t'appelle à grands cris...

Tu reverras des cœurs où vibre ta souffrance...

Mais peut-être, Dieu saint ! qu'un rayon d'espérance

    Brille à tes yeux ravis !

Est-ce toi, digne appui, Barde du Sanctuaire,

Toi, qu'un flambeau divin au fond de l'ame éclaire,

Qu'il faut ressusciter du sépulcre de Job ?...
Jeune fils d'Abraham, ta justice profonde
Triomphe en adorant la parole féconde
    Qui bénissait Jacob !

Ah ! reviens consoler nos rives consternées,
Aux destins de la France unir tes destinées,
Et briller parmi nous d'une sainte clarté :
D'un peuple magnanime illustre mandataire,
Tu peux, dans son auguste et vivant sanctuaire,
    Sauver la liberté !

Chantre sublime et pur, ta gloire est immortelle ;
Mais il est pour ton front une palme aussi belle
Que la postérité lègue à l'homme de bien :
A tes divins lauriers, au sceptre poétique
Joins, LAMARTINE, encor la couronne civique,
    Splendeur du Citoyen !

Lettres de M. de Lamartine.

LETTRE

DE M. DE LAMARTINE,

au sujet de la pièce précédente.

Je trouve vos beaux vers, monsieur, comme un salut amical à mon triste retour. Je suis dans les larmes et dans le tumulte des affaires qu'une perte affreuse et une longue absence ont accumulées autour de moi. Je n'ai pas la force et le temps de vous dire combien vos pensées vont à mon ame; mais je veux que vous sachiez au moins combien je suis reconnaissant de votre sympathie, et combien j'en jouirais mieux dans des circonstances moins affreuses pour moi.

Agréez, monsieur, tous les sentimens qui répondent le mieux aux vôtres.

LAMARTINE.

23 octobre 1833.

LETTRE

DE M. DE LAMARTINE,

En réponse à l'envoi que je lui avais fait de mon ode sur
le Temps.

Monsieur,

Je viens de lire avec reconnaissance, mais je dirai
presque avec honte, la lettre qui accompagnait vos
beaux vers. Vos expressions sont tellement au-dessus
de mon faible talent qu'elles l'écrasent dans ma pro-
pre pensée. Cependant, on ne peut s'empêcher de
sentir une faveur secrète pour l'homme à qui l'on ne
peut reprocher qu'une trop favorable prévention en-
vers nous, et le pardon est bien vite accordé quand
notre cœur et notre amour-propre sont d'accord pour
le solliciter. Je vous remercie donc de ces expressions
même dont je devrais être humilié : elles prouvent en
vous une sympathie de sentimens et de doctrines que
j'apprécie vivement; elles prouvent, surtout, une
prédisposition poétique qui n'est autre chose que le
génie même des vers.

Vos vers sur *le Temps* le prouvent encore mieux

par le fait : ils sont sublimes, surtout aux dernières strophes. Cet échantillon de vos compositions doit vous encourager, quand les temps seront plus sereins, à chanter *tout haut*. Nul n'en jouira plus que moi, Monsieur, et ne prendra plus d'intérêt aux succès d'un homme que sa lettre me fait admirer comme poète, et me fait même considérer comme un de ces amis inconnus que la culture d'un même art donne si souvent aux artistes.

C'est avec ces sentimens, Monsieur, que je vous prie d'agréer mes vifs remercîmens et l'assurance de ma considération la plus distinguée.

AL. DE LAMARTINE.

Au château de Saint-Point, par Mâcon, 20 août 1831.

Le Temps.

LE TEMPS.

Fugit irreparabile Tempus!...

Tempus edax.....
                    HORACE.

Le Temps, cette image mobile
De l'immobile Eternité!...
                    J.-B. ROUSSEAU.

Jeté par l'Éternel sur un point de la terre,
Homme, fils du néant, j'interroge des yeux
Et les monts, et les mers, et la voûte des cieux,
Et les moindres objets que la nature enserre.
A peine ai-je sur eux porté quelques regards
        Qu'ils semblent fuir de toutes parts,

Poussés par une main terrible :
Saisi moi-même, alors, le cœur transi d'effroi,
Je cède à la force invincible
Dont le rapide élan m'entraîne malgré moi.

Quel est ce mouvement, cette action puissante
A qui rien ici-bas ne saurait résister,
Qui fait naître et mourir, tomber et subsister,
Au sein des élémens, l'animal et la plante ?
Qui, des astres divers précipitant le cours,
Mesure les nuits et les jours
Par le plus inconstant partage ?
Quel est cet Être, enfin, qui n'a point de repos
Qu'il n'ait dévoré son ouvrage
Et plongé l'univers dans son premier cahos ?...

Mais lorsqu'à le chercher ma vue au loin s'égare,
Le Temps, le Temps lui-même a déjà fendu l'air,
Et, sur un char ailé, glissant comme l'éclair,
Me laisse épouvanté de sa fuite barbare.....
Ah ! tourne un seul moment ton front majestueux ;
Suspends ton vol impétueux,

Arrête, ô vieillard indomptable !....
Vains efforts !... peu touché de mes douloureux cris,
Plus que jamais inexorable,
Il me jette, en fuyant, un dédaigneux souris.

Le cruel ! il m'échappe, il fuit, il fuit encore
Comme un trait enflammé, comme un foudre brûlant
Qui sillonne les cieux, les embrase en volant,
Et retourne au séjour où naît le météore.
Ainsi, toujours fidèle à sa mobilité,
Le Temps avec rapidité
S'élance et dévore l'espace :
Implacable ennemi, tyran fier et jaloux,
Partout il imprime sa trace,
Et proscrit l'univers dans son vaste courroux.

Eh ! que sont devenus ces peuples, ces empires
Qui pesaient sur la terre aux jours de leur grandeur ?
Que reste-t-il, hélas ! de leur vaine splendeur ?
Le Temps les a détruits..... ô terre, tu respires !
Sous le niveau fatal pêle-mêle entassés,
Leurs débris, confus, dispersés,

Ne sont qu'une cendre mouvante.....
Et ceux qu'éclaire encor l'astre brillant du jour
Tomberont sous la faux tranchante
Du Temps qui les fait vivre et périr tour à tour.

Qui pourrait nous sauver de ses affreux ravages?...
Sa pitié, même encor, nous réserve l'affront
Que son doigt ennemi grave sur notre front
Où s'impriment des ans les sensibles outrages.
Beauté, grâce, jeunesse, au déclin d'un seul jour,
D'une aurore, hélas! sans retour,
Ont vu s'évanouir leurs charmes.....
Le doux parfum des fleurs s'exhale en un matin :
Malgré nos cris, malgré nos larmes,
Naître, changer, mourir, c'est le commun destin!

Mais que dis-je? au désert d'immenses pyramides,
Du Temps qui les créa semblent braver l'effort :
Ces sombres monumens, asiles de la mort,
Triompheraient-ils seuls de ses mains parricides?...
Ah! si leurs vastes flancs ne sont point attaqués,
Voyez de leurs sommets tronqués

Descendre une antique poussière.....
Chaque siècle, en passant, heurte, lève sans bruit
Une pierre, encore une pierre.....
L'édifice ébranlé croule et tout est détruit!

O Temps! cruel auteur de notre long supplice,
Jusques à quand sur nous pèsera ton pouvoir?
Victimes du trépas, n'avons-nous plus l'espoir
D'échapper à la mort, ta fatale complice?....
Ah! j'en crois cet instinct, ce rayon de clarté
Que Dieu lui-même, en sa bonté,
Daigna mettre au fond de mon ame...
O Temps! tu dois finir et la mort avec toi :
C'est la justice qui réclame
Pour vous l'affreux néant, l'éternité pour moi!

Oui, j'entrevois le jour de sublime espérance
Où le Dieu trois fois saint, apaisé pour jamais,
Rendra, sans repentir, le bonheur et la paix
A nos cœurs trop long-temps brisés par la souffrance...
Quand ce Dieu, tout amour, renouvelant les cieux,
Viendra triomphant, glorieux,

S'unir à notre ame ravie,

Le Temps cessera d'être; et la mort, à son tour,

Absorbée enfin par la vie,

N'aura pas même un nom dans l'éternel séjour!

Présomption de la Jeunesse.

PRÉSOMPTION DE LA JEUNESSE.

Neget leges sibi natæ.

HORACE.—Art poét.—

« Jeune, puissant et fort et riche d'avenir,
« A mon œil, ébloui de torrens de lumière,
« Resplendit ma noble carrière :
« Ce règne, un si beau règne est bien loin de finir !

« Je sens vibrer mon cœur et bouillonner mes veines;
. « En maître je commande aux élémens, au sort.....
          « Qu'est-ce que le Temps et la Mort?
« Qu'est-ce que le malheur, la faiblesse et les peines?

          « Ah ! je puis tout braver à la face des cieux :
« Le Temps, de ma beauté ne peut faner les grâces ,
          « Et la Mort même sur ses traces,
« Ne saurait, n'oserait se montrer à mes yeux !.....
« Imbécille vieillard ! esclave octogénaire !
« Pourquoi vas-tu courbé sous le poids des douleurs ?
          « Enfant, j'ai honte de tes pleurs.....
« Place à l'homme sublime, ô profane vulgaire !

          « Seul, d'un esprit divin je ressens les transports :
« Terre, écoute mes chants; que le siècle m'honore !...
          « C'est pour moi que fleurit l'aurore,
« Que le jour et la nuit distillent leurs trésors.
« La femme à mon aspect épanche un doux sourire.....
« Sur les monts élancé je nage dans les airs;
          « Je me mire aux bassins des mers.....
« Roi du monde vivant, le globe est mon empire !

« On dit qu'il est un Dieu dont l'immense pouvoir

« Créa les cieux, la terre et la nature entière

  « Par sa parole et sans matière :

« Qu'ai-je besoin d'y croire, et le puis-je sans voir?

« Qu'importe à mon bonheur?..... ai-je la folle envie

« De lui sacrifier ma noble liberté?.....

  « Qu'il règne dans l'éternité :

« Je demeure, ici-bas, l'arbitre de ma vie! »

Il disait, l'insensé, brûlant, impétueux;

Et, plongé dans les flots d'une impudique ivresse,

  Blasphêmait la haute sagesse

Implacable à punir l'orgueil présomptueux.

Un bandeau lui voilait l'horrible précipice

Que le juge éternel entr'ouvrait sous ses pas;

  La foudre grondait sans éclats;

Dieu préparait sans bruit son rigoureux supplice.

Téméraire ! où t'emporte un esprit indompté?

Jusqu'où va la fureur de ta fougue insensée?.....

  Peux-tu concevoir la pensée

D'échapper aux arrêts de la nécessité?

Crois-tu vivre toujours, favori de la terre;
Triompher à la fois du Temps et de la Mort;
Et, digne arbitre de ton sort,
Te soustraire à la main qui porte le tonnerre?.....

Qu'est-ce que ta beauté, ta force, ta grandeur?
De la chair et du sang, un souffle, un peu de boue
Dont l'immortel auteur se joue,
Qui doit s'évanouir au vent de sa fureur.
Sans lui, que serais-tu?.... réponds, vile poussière!....
Où seraient les trésors dont ton cœur est si vain?....
Ingrat! tu veux nier envain
Ce Dieu dont le soleil emprunte sa lumière!

Quand viendra le grand jour où de la vérité
Son bras victorieux doit déchirer les voiles;
Lorsque la lune et les étoiles
Tomberont de frayeur devant sa majesté;
Tu le verras, alors!... tu pourras le connaître!...
Tu sauras, mais trop tard, quel était son pouvoir.....
O regrets! affreux désespoir!...
Hâte-toi, maintenant, de le nommer ton maître!

Hâte-toi ; de ses mains le foudre va partir.....
Juge inflexible aux cieux, ici-bas il pardonne :
    Pécheur, aspire à la couronne
Que sa clémence encor réserve au repentir.
Tu voltiges, hélas ! imprudente victime,
Comme l'insecte ailé qu'attire le flambeau :
    L'insecte y trouve son tombeau,
Et le tien est creusé dans l'infernal abîme !

Mais pour laver l'outrage et l'infâme souris
Dont tu flétris l'enfance et l'auguste vieillesse ;
    Quand finira ta folle ivresse,
Tu boiras à longs traits l'insulte et le mépris.
Honte ! honte éternelle !... opprobre sur ta tête !...
Que l'univers vengeur s'élève contre toi !
    Telle est du ciel la sainte loi ;
Et peut-être demain surgira la tempête !...

  Écoute : vois pâlir, au souffle des autans,
Ces fleurs dont le parfum embaumait la vallée ;
    Sur cette rive désolée
Vois tomber en grondant ce chêne aux vastes flancs :

Son front avec orgueil défiait le tonnerre.....
La foudre brille, enfin, dans son sein ténébreux,
          L'écrase avec un bruit affreux,
Et ses débris fumans s'en vont joncher la terre!

La Mennais.

LA MENNAIS.

Quomodo cecidit potens qui salvum
factebat populum Israël ? — Machab.

O Filles de Sion ! sur la harpe sonore
Cessez vos chants d'amour et vos joyeux concerts :
Aux pieds du Dieu voilé que votre cœur adore,
Sur vous, sur nos destins pleurez à flots amers !

8

Donnez un libre cours à la plus juste plainte ;
Que l'écho gémissant réponde à vos sanglots...
Il est tombé, l'honneur de la montagne sainte ;
Le cèdre est dépouillé de ses brillans rameaux !

Il est tombé, celui dont le puissant génie
Émut le Sanctuaire et le siècle étonné,
Celui qui sut ravir la divine harmonie
Au Séraphin brûlant devant Dieu prosterné !

Il est tombé du Ciel, où délirait son ame,
Comme l'Ange séduit par un orgueil impur,
Comme l'astre égaré dont la trace de flamme
Sillonne, au sein des nuits, les plaines de l'azur.

Il est tombé... Grand Dieu ! que la terre affamée
N'a-t-elle enseveli cet auguste pervers !...
Il n'eût point, ô douleur ! flétri sa renommée,
Profané son génie, effrayé l'univers !

La Mennais !... A ce nom je sens vibrer encore
Tout ce que l'ame humaine a de plus généreux ;
Je sens que ce grand nom, dont la France s'honore,
Impose un saint respect à mes sons rigoureux.

Non, ce n'est qu'en tremblant que ma Muse craintive
Ose avouer sa honte à la clarté du jour ;
Et ma voix éperdue, interdite et plaintive,
Expire en maudissant l'objet de mon amour.....

Malheur ! il a vécu trop long-temps pour sa gloire,
Cet oracle du ciel et de l'humanité :
Que ne puis-je effacer d'une si belle histoire
La page injurieuse à sa fidélité !

Qui mieux que moi, grand Dieu ! dévorant ses
[ouvrages,
Eût le cœur embrasé de ses brûlans éclairs ?
Qui mieux sut admirer ces terribles passages
Où sa plume creusa jusqu'au fond des enfers ?...

Hélas ! je m'égarais au flambeau d'un faux guide :
Ivre de son triomphe, à l'ombre de ses pas,
Je suivais le sentier tortueux et perfide
Qui, loin du droit chemin, mène l'ame au trépas ;

Quand une voix tonnante, une voix souveraine,
Du globe, en son essor, franchit l'immensité,
Rompit le charme impur et fit tomber ma chaîne :
C'était la voix du Christ et de la Vérité.

Elle a grondé sur toi... Silence, ame sublime !
Dépouille un vain orgueil et courbe un front jaloux !
Tu peux voler au ciel, ou d'abîme en abîme
Rouler, jouet sans fin de l'immortel courroux !

Eh quoi ! vivant écho de la foi de nos pères,
Miraculeux prophète en ces temps de malheur,
Trompette du lieu saint qui réveillas naguères
Les mortels assoupis dans leur fatale erreur ;

Veux-tu, semant la haine, égarer la patrie ?
Du Chrétien libre et pur flétrir le nom si beau ?
Veux-tu, loup ravissant, souiller la bergerie,
Et du Pasteur divin immoler le troupeau ?

Veux-tu plonger au cœur d'une mère éplorée
Ce glaive étincelant qu'elle mit dans tes mains ?
Veux-tu percer encor la poitrine sacrée
D'où jaillit tout le sang qui sauva les humains ?...

Veux-tu, plus téméraire et d'une ame plus dure
Que d'avides soldats dépouillant l'Homme-Dieu,
Déchirer, juste ciel ! *la robe sans couture,*
Scinder la foi du monde, embraser le saint-lieu ?...

Non, non ; j'en crois plutôt ta candeur infinie ;
Homme, tu pus faillir... tu sauras expier :
Ton repentir profond, plus grand que ton génie,
A nos cœurs attendris va tout faire oublier !

Tu reviendras encore au giron tutélaire
De celui qui pardonne au nom du Roi des rois :
Humble et plein de douceur, il lui souvient que Pierre
Si zélé pour son Dieu le renonça trois fois !...

Mais trois fois le *Pêcheur* eût le bonheur suprême
De confesser sa honte et son brûlant amour...
Que ta bouche au Seigneur réponde : « *Je vous aime;* »
Et l'univers charmé bénira ton retour !

O Filles de Sion ! sur la harpe sonore
Vous reprendrez vos chants et vos joyeux concerts :
Aux pieds du Dieu voilé que votre cœur adore,
Vous verrez de vos pleurs tarir les flots amers !

Le Christianisme vengé.

LE CHRISTIANISME VENGÉ

DES

INSULTES DE LA PHILOSOPHIE MODERNE.

*Quare fremuerunt gentes et populi
meditati sunt inania ?*

Psalm. 2.

Qu'entends-je ? juste ciel ! quel étrange blasphême
Porte à mes sens troublés l'épouvante et l'horreur ?...
Qu'entends-je ?... Ah ! c'en est trop... Anathême ! ana-
[thême
Aux sons injurieux que vomit la fureur !

Ma bouche se refuse encore à le redire...
Une sainte pudeur a fait rougir mon front...
Homme ! pouvais-tu faire un plus sanglant affront
    Au roi de l'immortel empire,
Au Dieu fort dont le bras à punir est si prompt ?...

Ils se lèvent, Seigneur, pour te livrer la guerre :
Contre ton Christ et toi déchaînés, furieux,
Ils voudraient effacer ton culte de la terre,
Anéantir ton nom, te détrôner des cieux !...
Ils ont dit : « De Jésus les stériles oracles
« Ne peuvent qu'entraver la marche des humains :
« Le siècle ne croit plus à des faits incertains ;
    « Et, privé de ses vieux miracles,
« Le prêtre a vu tomber le sceptre de ses mains.

« La raison, aujourd'hui, virile, souveraine,
« Cite l'antique erreur à son saint tribunal ;
« Et, bravant les carreaux de la foudre romaine,
« Au monument sacré porte le coup fatal.

« L'édifice, à la fin, tout miné par les âges,

« Sur ses noirs fondemens croule de vétusté :

« Le faux temple n'a plus de parvis redouté;

     « Il se tait à la voix des sages ..

« Parais, l'heure est venue, auguste vérité !...

« Périssent le pouvoir, le signe tyrannique

« De cet homme fait Dieu que la terre encensa !...

« Son code humiliant, liberticide, inique,

« Dans des langes honteux trop long-temps nous berça.

« L'humanité, bientôt, secouant la poussière

« Dont vingt siècles impurs souillaient sa robe d'or,

« Brillante de clartés, va prendre son essor,

     « Se transfigurer tout entière

« Sur les flancs écroulés de l'orgueilleux Thabor ! »

Et tu souffres, Dieu saint! l'exécrable mensonge !...

Et tu ne réponds pas à ces monstres pervers !...

De la hauteur des cieux, d'où ton regard se plonge,

N'as-tu pas vu l'impie embraser l'univers ?

N'as-tu pas entendu le râle du blasphême
Mugir en soulevaut les gouffres éternels,
Insulter à ta gloire, à tes dons immortels,
Outrager ta bonté suprême,
Se ruer en vainqueur pour briser tes autels?...

Jusques à quand, grand Dieu! comprimant ton ton-
[nerre,
Sembleras-tu dormir à ce bruit plein d'horreur?
Jusqu'où donc, en foulant le vin de ta colère,
Doit monter le niveau qui retient ta fureur?...
Oui, tu l'as entendu l'infâme sacrilège;
L'insolent cri de guerre est parti de l'enfer :
Ton œil divin a vu l'orgueilleux Lucifer
Traîner, dans son affreux cortège,
L'homme, armé contre toi d'un parricide fer!.

Eh quoi! toi-même encore, homme pétri de fange
Qu'il voulut animer de son souffle immortel!...
Ingrat! t'avait-il donc élevé jusqn'à l'ange
Pour se voir outragé dans son cœur paternel!...

Que t'a-t-il fait ce Dieu que ta haine injurie,
Ce Verbe créateur à qui tu dois le jour ?
Pour quel bienfait nouveau trahissant son amour,
Le maudissant dans ta furie,
Veux-tu, comme Judas, l'immoler à ton tour ?.....

Barbare ! il n'est plus temps ; le déïcide infâme
Une fois consommé ne se reproduit pas :
Une infernale ardeur envain brûle ton ame ;
Pour un cœur sans amour Dieu n'est plus ici-bas.
En profanant les dons que sa grâce ineffable
Prodigue, à pleines mains, à ton indignité,
Monstre ! tu mets le comble à ton impiété ;
Mais de son repos adorable
Tu ne saurais jamais troubler la majesté !

Oui, ton jaloux orgueil ne peut le méconnaître :
Ce fils de Jéhovah, c'est ton Dieu rédempteur.
Dans l'extase sans fin le ciel l'adore en maître ;
La terre aussi l'adore en son humble frayeur...

9

C'est la voix du Très-Haut , et cette voix tonnante
Fait répondre la foudre et murmurer les airs...
A son nom, tout genou fléchit dans l'univers,
    Et dans la Cité triomphante,
Et dans la sombre horreur du gouffre des enfers !

Ce Dieu, ce Dieu si grand, pense-tu qu'il sommeille,
Toi qui braves sans peur sa haine ou son amour ;
Qu'il n'entende aucun son, celui qui fit l'oreille ;
Que celui qui fit l'œil, vive privé du jour ?...
Crois-tu, rebelle ingrat, dans ta brutale ivresse ,
Dissimuler ta fuite à ses profonds regards ;
Que tant d'êtres pervers, parmi les saints épars ,
    Trompent la dextre vengeresse
Dont les traits foudroyans grondent de toutes parts ?...

Non, non ; c'est t'aveugler d'une erreur criminelle...
Lave de pleurs amers tes odieux forfaits ;
Éteins le feu vengeur de cette ire éternelle
Dont le feu des enfers s'alimente à jamais.

Si ton ame tombait dans les mains formidables
De ce Dieu dont le glaive atteint l'ame et le corps;
Le ciel, la terre envain uniraient leurs efforts
     Pour parer ses coups redoutables;
Tu ne franchirais plus l'abîme aux sombres bords!

Mais rends gloire à Jésus, rends grâce à sa clémence:
Il ne veut point ta mort; il veut te convertir.
Bien que son cœur jaloux soit sensible à l'offense,
Il l'est bien plus encore au cri du repentir.
Ah! loin de rejeter la plus humble prière,
Il voit à peine éclore un élan généreux
Que, perçant de nos cœurs le cahos ténébreux,
     Il y fait briller sa lumière,
Et nous ouvre un refuge en ses bras amoureux.....

Voilà, pourtant, le Dieu que ta bouche blasphème,
Le Dieu saint qui t'éclaire au flambeau de sa loi!
Tu ne pouvais monter vers son trône suprême,
Il s'est anéanti pour venir jusqu'à toi!.....

Prodigieux amour! holocauste sublime!
Condamné pour jamais, le monde allait périr ....
Jésus parut alors; il naquit pour souffrir;
      Le ciel agréa la victime;
La terre fut sauvée et vit son Dieu mourir!.....

Mais vainqueur de la mort et maître de la vie,
Il s'élance, immortel, de la nuit du tombeau;
Regagne triomphant la céleste patrie
Qu'il ouvre aux saints ravis d'un spectacle si beau.
Il s'assied dans sa gloire à la droite du Père,
D'où descend, plein d'amour, l'Esprit consolateur:
Satan a vu tomber son règne destructeur;
      La Croix resplendit sur la terre,
Et le monde est soumis à *à l'anneau du Pêcheur!*

Ose nous disputer cette immense victoire!...
Vingt siècles, d'un seul cri, confondront ton orgueil.
Faut-il de l'Homme-Dieu te retracer l'histoire
Pour te sauver, ingrat! d'un si fatal écueil?...

Promis au genre humain de prophète en prophète,
Il vint, pauvre et souffrant, au séjour des mortels ;
Et celui qui, bientôt, eût partout des autels,
    Ne sut où reposer sa tête....
Ainsi l'avaient fixé ses décrets éternels !

Dans l'antique Judée, au bruit de ses miracles,
Il répandit en Dieu l'éclat de ses vertus ;
Il choisit, pour échos de ses divins oracles,
Des hommes sans pouvoir, ignorans, méconnus....
Mais de la vérité noble et sublime empire !
Sur sa fatale erreur le siècle ouvrit les yeux ;
Proclama de Chrétien le nom victorieux,
    Brisa le glaive du martyre,
Et fit crouler partout les temples des faux dieux !

Ainsi nous fut donné l'adorable Évangile,
Règle de nos destins, flambeau de l'univers ;
Cette loi, que l'amour rend légère et facile,
Qui délivra l'esclave et peupla les déserts ;

Ce Testament d'un Dieu que dicta sa tendresse,
Qu'il signa de son sang et scella de sa mort ;
Ce gage de bonheur, ce merveilleux accord,
    Titre sacré de la promesse
Qui nous offre un abri dans le céleste port !

Homme ! à ces traits divins pourrais-tu bien encore
Méconnaître ton Dieu, le Dieu de vérité ?....
Ne vois-tu pas briller, du couchant à l'aurore,
L'éclat de son triomphe et de sa majesté ?
Ne vois-tu pas sa loi, toujours pure et nouvelle,
Diriger les élus aux sentiers du bonheur ;
Des enfans, qui n'ont tous et qu'une ame et qu'un cœur,
    Consoler l'Épouse fidèle
Jusqu'au jour où l'Époux doit venir en vainqueur ?

Ne vois-tu pas, impie, au sommet de nos temples,
S'élancer dans les airs l'étendard de la Croix,
Lorsque d'un œil jaloux déjà tu le contemples
Rayonnant de splendeur sur le bandeau des rois ?

Ne vois-tu pas encor monter au Capitole
Le Pontife, héritier du trône des Césars ,
Dominer Rome entière et porter ses regards
    Partout où vole la parole
De celui qui bénit tous les peuples épars ?.....

Si cet aspect divin te semble si terrible ,
Si tu ne peux souffrir le regard d'un mortel ;
Quel sera de ton cœur l'effroi subit , horrible ,
Quand tu verras , enfin , le Fils de l'Éternel ?.....
Quand tu verras ses yeux et sa Croix foudroyante
Lancer sur le pécheur, d'arder d'affreux éclairs...
Quand sa voix formidable , en ébranlant les airs ,
    Viendra combler ton épouvante
Par un bruit dont l'écho sortira des enfers ?...

Cesse de vains efforts.... La Maison de prière
Brave les flots émus et les vents furieux :
Ses puissans fondemens sont creusés dans la pierre,
Et son faîte sublime est ancré dans les cieux !....

Tandis que tout périt dans le torrent des âges,
Que la tombe affamée engloutit les humains;
Celui qui de l'Église a fixé les destins,
La fait triompher des orages,
Et la tient immobile en ses divines mains!

Méditation religieuse.

MÉDITATION RELIGIEUSE

> *Meditatus sum in omnibus operibus tuis ;*
> *in factis manuum tuarum meditabar.*
>
> Psalm. 142.

J'ai dit, dans l'amertume et l'effroi de mon cœur :
Qu'est-ce que l'homme, hélas ! et sa frêle existence?
Que suis-je? et d'où me vient l'inquiétude immense
De connaître mon sort, de trouver le bonheur?

Ai-je un autre destin que la fleur éphémère,
Ou la feuille aride et légère
Qui tombe, vole et fuit au souffle des autans ?
Le bonheur est-il sourd à ma voix douloureuse ?...
Ah ! le bonheur n'est rien qu'une image trompeuse,
Rêve épuisé de nos beaux ans !...,

De moi-même ignoré, que viens-je faire au monde ?
Naître, vivre, mourir..... est-ce bien là mon sort ?
Quoi ! sorti du néant, je rentre dans la mort !......
Ah ! perçons cette nuit profonde,
Ce mystère sans fond, sans but et sans accord.
De ce vaste univers l'étonnante structure
Me révèle la voix, le cri de la nature :
Écoutons en silence .... il est peut-être aux cieux
Un être souverain qui se voile à mes yeux.

Le regard élancé vers la voûte azurée,
Où le soleil décline et renaît tour à tour,
Tantôt je vois briller la splendeur d'un beau jour,
Tantôt régner la nuit de nouveaux feux parée :

J'admire avec transport ce concert ravissant;
J'y reconnais la main d'un maître tout-puissant,
D'un créateur suprême à qui je dois hommage.....
Grand Dieu ! que de sagesse et que de majesté,
          Que de justice et de bonté
Éclatent, à l'envi, dans ton sublime ouvrage !

          Mais soudain le ciel pâle, obscur,
          Dérobe son brillant azur
          Sous le voile de la tempête :
          Le noir et fougueux aquilon
          Siffle, mugit dans le vallon;
          La foudre gronde sur ma tête.

          L'orage fond du haut des airs
          A la lueur de mille éclairs,
          Au bruit d'un effrayant tonnerre :
          Le sol, embrasé sous mes pas,
          Tremble, se rompt avec fracas
     ,   Jusqu'aux entrailles de la terre.

          Les monts émus et foudroyans
          Vomissent des feux ondoyans

Parmi des trombes de fumée :
Et jusqu'aux cieux les vastes mers
Font bouillonner leurs flots amers,
En couvrant la plage abîmée.

Tout semble à jamais confondu :
Mon cœur, d'épouvante éperdu,
N'a plus de foi, plus d'espérance.....
Quel cahos ! quel désordre affreux !....
Ah ! dans ce monde malheureux,
Il n'est plus qu'un cri de souffrance !

Où suis-je donc ?.. ô ciel ! quelle était mon erreur !
Je n'aperçois maintenant sur la terre
Qu'un déluge de maux, qu'une effroyable guerre
Qui me font frissonner d'horreur !
Je ne vois plus cette main libérale,
Si prompte à nous verser les célestes trésors :
Une nécessité fatale
Semble enchaîner sès généreux efforts.

Comment concilier les maux que l'homme endure
Avec l'ordre, l'amour, la sagesse d'un Dieu

Dont la bonté, pourtant, doit briller en tout lieu
        A l'égard de sa créature?....
Je m'y perds.... mon esprit voudrait sonder envain
De ses profonds conseils l'abîme impénétrable....

        Interrogeons, du moins, le genre humain;
Sachons pourquoi si faible, hélas! si misérable,
Il porte avec orgueil le front d'un souverain..

        Homme! qui que tu sois; mon semblable, mon frère,
Aide-moi de mon être à percer le mystère.
Réponds-moi; je t'adjure, et j'en crois ta candeur:
D'où vient que la bassesse, unie à la grandeur,
Forme le premier nœud de notre double essence?
D'où vient que, chérissant la vertu, l'innocence,
Nous succombons, hélas! au penchant corrupteur?
D'où naissent les remords dont la faute est suivie;
Cette horreur du trépas, cette soif de la vie,
Cette vague espérance et ces brûlans désirs
        Pour de nouveaux et vains plaisirs
Dont la stérile faim ne peut être assouvie?...

        Dis-moi, si tu le sais, pourquoi, jusqu'à la mort,
Et la chair et l'esprit ne sont jamais d'accord?

Pourquoi toujours en guerre, en butte à mille alarmes,
L'homme arrose son pain de sueurs et de larmes?
Pourquoi les élémens perfides, mutinés,
Les animaux cruels, contre lui déchaînés,
Bravent-ils, à l'envi, son impuissant empire?
Pourquoi tant de fléaux et tant de maux divers,
     Plus que tout être qui respire,
Accablent-ils, enfin, le roi de l'univers?....

Interdit, abîmé dans un morne silence,
Tu ne sais que répondre à mes pressans discours :
Tant d'oppositions pèsent dans la balance,
Que ton esprit flottant ne m'est d'aucun secours.
D'où me viendra, grand Dieu ! le rayon salutaire
     Qui doit dessiller ma paupière,
Sonder de ce cahos la ténébreuse horreur?....
Si le ciel, sans pitié, me refuse son aide,
     Mon mal, hélas ! est sans remède,
Et je ne puis sortir de ma fatale erreur.

Mais que dis je?... il m'éclaire, et j'entrevois l'aurore
Du jour pur où, fixant l'auguste vérité,

L'homme doit s'abreuver de torrens de clarté
Au sein du Créateur qu'ici-bas il implore.
Jusqu'à cet heureux jour, Dieu nous donna sa loi,
L'amour, l'espérance, la foi,
Et ce livre sacré qui contient ses oracles :
Mortel, courbe le front sous son joug glorieux ;
Adore les secrets qu'il dévoile à tes yeux
Au vif éclat de ses miracles !

Oui, le Seigneur du ciel aime à se révéler
A ceux dont le cœur pur le recherche sans cesse :
Il a puisé dans sa haute sagesse
D'heureux moyens de nous parler
Et de nous témoigner sa divine tendresse.....
Malheur à l'ingrat qui le fuit !
Fut-il trois fois couvert des ombres de la nuit,
Il ne peut échapper à sa main vengeresse.

Pour moi, qui trouve enfin la paix
Dans l'humble foi qui me console,
Grand Dieu ! je révère à jamais
Ta sainte et vivante parole.

Je reçois ce livre inspiré,
Flambeau des archives du monde,
Livre des mortels admiré,
Malgré leur malice profonde ;

Toujours ancien, toujours nouveau
Dans sa véracité divine,
Qui m'offre le touchant tableau
De l'homme et de son origine.

Contre ce monument fameux
Envain l'impiété réclame ;
Je lui devrai le calme heureux
De mon esprit et de mon ame.

Paraissez, grands législateurs,
Philosophes, orgueilleux sages,
Savans et stériles docteurs
De tous les lieux, de tous les âges !

Me direz-vous quel est mon sort ;
D'où vient qu'au péché je succombe ;

Pourquoi, victime de la mort,
J'espère au-delà de la tombe?...

Ah! votre savoir impuissant,
Loin de résoudre ces problèmes,
N'enfante rien que le néant,
Digne fruit d'absurdes systèmes.

Contempteurs de l'humanité,
Vils partisans de la matière,
Vous bravez la Divinité,
Vous fermez l'œil à la lumière.....

Quoi! votre superbe regard,
A la raison faisant injure,
Ne voit que l'œuvre du hasard
Dans les beautés de la nature!....

Ou si, nommant un créateur,
Vous daignez changer de langage,
C'est un insensible moteur
Que vous formez à votre image.

Tel est le progrès si vanté,
Le trésor, le savoir immense.....
Progrès, hélas! de vanité!
Trésor d'erreur et de démence!....

O cœurs pervers et sans amour!
Suivez votre brutale envie;
Pour moi, je reviens, sans retour,
Au Dieu qui m'a donné la vie.

J'en crois ses prophètes, sa voix,
Ses bienfaits, sa bonté suprême,
L'organe adoré de ses lois,
Son Verbe, la vérité même!...

Oui, l'homme fut créé juste, saint, immortel :
L'univers admirait sa beauté, sa puissance;
L'ineffable bonheur qu'il goûtait par avance
Devait se consommer au sein de l'Éternel.
Mais Adam libre, enfin, et maître de lui-même,
Pouvait déchoir du rang suprême,

Garanti seulement à sa fidélité ;
Et l'orgueil, qui, des cieux précipita l'Archange,
        A l'homme, hélas ! au corps de fange,
Fit perdre le bonheur et l'immortalité.

        Ainsi fut accompli cet étrange mystère,
Cette chute mortelle où notre premier père
        Enveloppa le genre humain :
Sa race fut maudite, avec lui condamnée ;
Tel est le nœud fatal de notre destinée
Sans lequel, à nos yeux, tout demeure incertain.

        Esclave malheureux de la concupiscence,
Adam perdit la grâce avec son innocence ;
Le ciel sembla gémir de son affreux revers...
Dépouillé de ses droits au divin héritage,
La douleur et la mort devinrent le partage
Du monarque déchu de ce triste univers.

        A l'instant s'alluma cette guerre intestine,
        Aussi durable que nos jours,
        Où le corps sans frein se mutine,
Et refuse à notre âme un généreux concours.

Au lieu de ces pures lumières
Dont le Seigneur l'avait orné,
L'esprit, de ténèbres grossières
Fut pour jamais environné.

De sa noblesse primitive
Adam ne conserva qu'un instinct malheureux
Qui rendit sa peine plus vive,
Son destin plus amer, son sort plus rigoureux.

Delà ces vains regrets, cette longue infortune,
Ce vague souvenir dont le poids importune
L'homme jusqu'au cercueil :
Et de là ces désirs l'un à l'autre contraire,
Ces besoins et ces maux, humiliant salaire
De son fatal orgueil.

C'en est fait; l'infini de son Dieu le sépare;
Et, pour mettre le comble à ses affreux malheurs,
La terre, désormais, ingrate autant qu'avare,
Ne lui livre ses dons qu'au prix de ses labeurs.

Tout est changé dans la nature ;
Tout conspire, s'émeut contre le genre humain :
On voit la moindre créature
Braver insolemment son faible souverain ;

Le ciel s'arme contre la terre
Des feux de son bruyant tonnerre,
Les flots mugissent en courroux ;
Et l'homme, dans son trouble extrême,
En s'acharnant contre lui-même,
Fait tressailir l'enfer jaloux !

Il est donc soulevé ce voile impénétrable,
Ce bandeau qui couvrait mes yeux,
Grâce à l'esprit divin, au rayon secourable
Qui m'éclaira du haut des cieux !...
Je comprends maintenant, ô sagesse profonde !
D'où nait le désordre du monde ;
Et loin d'en être révolté,
Plus je reconnais ma misère,
Plus mon âme soumise espère,
Seigneur, en ta justice ainsi qu'en ta bonté !

Ta bonté divine, ineffable,
Sut adoucir le châtiment
Que mérita l'homme, coupable
Du plus funeste aveuglement
En lançant le triple anathême
Qui dût consommer son malheur,
Tu lui prédis, à l'instant même,
Sa délivrance et son Sauveur!

Ta justice... grand Dieu! la voilà satisfaite...
Mais non, je vois dans l'univers
Triompher les mortels pervers,
Les innocens gémir... serait-elle impartaite?...
Téméraire! où t'égare une fausse clarté?
Sous ce nouveau mystère abaisse ta fierté;
Au Seigneur appartient l'heure de la vengeance :
Les crimes sont comptés dans sa juste balance...
Après le temps, l'éternité!

L'éternite !... Qu'entends-je? ô parole puissante!
Abîme où notre esprit se perd et se confond!

L'éternité, toujours heureuse ou dévorante,
Se dérobe aux humains sous un secret profond :
Mais tout me crie, enfin, que ce souffle de flamme,
Que j'appelle mon âme,
Doit survivre au trépas et revoler au cieux ;
Que le monde, pour moi, n'est qu'un lieu de passage,
L'existence un sommeil, un rêve aux yeux du sage,
La mort un réveil glorieux !

Jéhovah l'a juré de sa bouche sacrée :
« Je suis Dieu d'Abraham, d'Isaac et Jacob. »
Tes saints, ô Dieu vivant ! sont donc dans l'Empyrée...
Une autre voix s'écrie, et c'est la voix de Job,
Par ses maux et sa foi tour à tour inspirée :
« L'homme né de la femme, hélas ! ne vit qu'un jour...
« Mais par mon Rédempteur mon âme est délivrée...
« Il vit... ressuscité je dois vivre à mon tour ! »

Méchant ! c'est donc en vain que tu bornes la vie
Au temps, au temps si court qui t'échappe ici-bas...
Non, ta faim du néant ne peut-être assouvie ;
L'éternité t'appelle aux portes du trépas !

Tremble, reviens au Dieu dont la bonté pardonne....
Si tu fuis des élus la brillante couronne,
Tu ne peux éviter le gouffre des enfers :
Et toi, juste souffrant, toi que le monde immole,
Que ton ame ravie et s'élance et s'envole....
La même éternité t'offre les cieux ouverts !

Oui, le Dieu juste et fort souffre que sur la terre
Le pécheur, à longs traits, s'enivre de bonheur,
Accumulant sur lui des trésors de colère
    Jusques au jour de sa fureur.

Il souffre, en même temps, que rien ici n'apaise
Les tourmens qui des saints épurent la beauté,
Comme l'or éprouvé puise dans la fournaise
    Son éclat et sa pureté.

Il laisse croître en paix l'ivraie, au grain stérile,
Parmi le froment pur dont son champ fut semé,
De crainte d'ébranler l'épi tendre et fragile
    Que sa main divine a formé.

Au temps de la moisson où, députant ses Anges,
Il leur révèlera ses éternels secrets ;
De ces brûlans esprits les nombreuses phalanges
Viendront moissonner ses guérets...

« A l'œuvre, » dira-t-il, « et séparez l'ivraie
« Du bon grain qui doit seul enrichir mon grenier...
« Que le feu la dévore, et que sa flamme effraie
« Le monde, l'univers entier ! »

Ainsi doit éclater le terrible partage
Des bons et des méchans, du juste et du pécheur :
Aux uns sera donné l'immortel héritage ;
Aux autres, pour jamais, la mort, le ver rongeur...
Grand Dieu ! daigne, ici-bas, daigne, à nos vœux propice,
Exciter en nos cœurs de vertueux remords,
Qui, de ta grâce, enfin, secondant les efforts,
Puissent, au dernier jour, désarmer ta justice !

Daigne, ô toi dont le sang divin et précieux
Comme un fleuve d'amour s'écoula du Calvaire,
Embraser tous les cœurs, dessiller tous les yeux
Au feu pur et sacré de ta vive lumière !...

Reçois, Être incréé, glorieux, immortel,
Comme un suave encens mes vers et mes louanges :
Puissé-je, dans les cieux, sur la harpe des Anges,
Célébrer ton saint nom par un hymne éternel !

BILLET

DE M. VICTOR HUGO,

En réponse à l'envoi de mon ode Foi et Poésie.

Vos vers sont beaux, monsieur : j'en suis vivement et vraiment touché. S'il est vrai que je sois poète, nous sommes compatriotes ailleurs qu'à Besançon. Je vous remercie *ex imo corde.*

Agréez l'assurance de mes sentimens distingués.

Victor HUGO.

4 novembre 1835.

Foi et poésie.

FOI ET POÉSIE.

A M. Victor Hugo.

Je vous dirai qu'en moi je porte un ennemi,
Le doute.....

VICTOR HUGO, *Chants du crépuscule.*

Hugo! de tes concerts mon ame vibre encore...
J'ai lu, j'ai dévoré ton sombre météore,

Tes Chants du crépuscule, ardente hymne du soir :
J'ai vu bondir tes vers et bouillonner tes ondes...
Mais dans ce choc affreux, dans ce cahos des mondes
Brille un sublime espoir !

Non, tu n'es pas sans Dieu !... non, ta foi n'est pas
[morte :
Du temple de ton cœur elle frappe à la porte,
Elle appelle, elle crie : « Enfant, viens à ma voix !... »
Et roulant sur les gonds de tes mâles pensées,
Les deux portes d'airain, par la grâce enfoncées,
Vont s'ouvrir à la fois !

Car tu n'es pas tombé comme ce noir génie (*)
Dont la lèvre, ayant bu la divine harmonie,
Vomit à flots impurs le blasphème et le fiel...
Ta voix est un orage et ta langue une épée ;
Mais dans le sang du Christ tu ne l'as pas trempée ;
Tu te souviens du ciel !

Tu sais que ce beau feu qui brûle dans ton ame
Est la pure étincelle ou le rayon de flamme

(*) Lord Byron.

Du feu qui brûle, au cœur, le zélé séraphin ;
Qu'il est un Dieu, jaloux des trésors qu'il dispense ;
Que le bruit d'un grand nom dans l'éternel silence
Doit s'engloutir enfin !

Tu le sais ; car tu lis dans la science obscure,
Dans ce livre, scélé du sceau de la nature,
Dont le titre est empreint au front du firmament.
Mais l'énigme à tes yeux d'une nue est voilée :
Cherche ailleurs, et plus haut que la voûte étoilée,
Le divin testament !

Viens, suis-moi : comme toi, bercé de songe en
[songe,
Je côtoyai long-temps l'empire du mensonge,
Sans recueillir jamais qu'erreur, obscurité...
Le jour a lui, pourtant, à ma faible paupière,
Et Jésus m'a crié, du sein de sa lumière,
« Je suis la vérité ! »

Il t'aime... Ah ! qu'un soupir de sa bouche brûlante
Rallume le flambeau que ta main vacillante

Au souffle des autans ne pouvait soutenir !...
Il t'aime... Dans ses bras cherche un prudent refuge;
N'attends pas l'heure extrême où ce terrible juge
    Ne saurait que punir !

Eh ! ne lui dois-tu pas et ton ame et ta vie;
Cette couronne, encor, de jeune poésie
Que pourrait t'envier le front jaloux d'un roi ?...
D'où vient que tu frémis, que ta lèvre murmure;
Que, chancelant, tu fais tant d'honneur et d'injure
    Au Dieu qui parle en toi ?...

Écoute, et que ton cœur comprenne sa misère !
Que ce cœur de lion se courbe et qu'il espère
En celui que le ciel bénit, adore et craint !...
Rends la foi, l'espérance et l'amour à ta lyre,
Et tu pourras chanter, dans ton noble délire :
    « *Oui, le poète est saint !* »

Il est saint; car il prie et livre un front docile
Au joug mystérieux du divin Évangile

Qui lui promet un nom que rien ne peut ternir...
Il est saint ; car il chante en sublime prophète,
Et jette aux nations, à travers la tempête,
Le cri de l'avenir !

O mon père en génie ! O mon enfant en âge !
Ne va pas t'irriter de cet âpre langage
D'une muse sans art et d'un luth incertain !
Pareil au diamant, sous l'écorce de pierre,
Il recèle, peut-être, un foyer de lumière
Qni peut brûler soudain !

L'Esprit souffle partout ; partout il peut descendre.
Des morts dans leurs tombeaux il ranima la cendre
A la voix d'Élisée, aux larmes d'Ézéchiel :
Et moi, qui ne suis rien qu'un bourdon sous ton aire,
Demain je suis, peut-être, au souffle tutélaire,
L'aigle qui plane au ciel !

Mais toi !... toi, dès ce jour... Oh ! combien ton génie
Rayonnant de splendeur, en sa marche infinie,

I 2

Verrait croître l'élan de ton vers acéré ;
Si, vouant tes trésors au monde catholique ,
Tu versais les éclairs de ta verve biblique
Sur le parvis sacré !

Dès-lors, de sons plus purs enivrant notre oreille ,
Tu serais de ton siècle et l'ame et la merveille ,
Le Barde sans émule et l'oracle des cieux...
Tu ne chanterais plus *le soir* d'un jour posthume,
Ni la nuit... mais l'aurore et l'astre qui s'allume
Et surgit radieux !

Tu marquerais ton rang aux phalanges sacrées
Qui chantent, dans les chœurs des voûtes éthérées,
Au son des harpes d'or, le cantique immortel !...
Un archange tombé, (*) roule encor dans l'epace...
Hugo ! franchis les cieux ! va trôner à sa place
Dans l'empire éternel !!!

(*) La Mennais.

FIN.

PRIÈRE.

Grand Dieu ! rends à nos cœurs la divine espérance,
Le pur et saint amour, l'humble et sublime foi...
Toi qui daignas sauver et le Peuple et le Roi,
Daigne sauver encore et l'Église et la France !....

TABLE

SAINT-DENIS. — IMPRIMERIE DE PRÉVOT.

POÈTE (le) DE LA JEUNESSE, ou Choix de Poésies
morales et religieuses à l'usage des maisons d'é-
ducation, 1 vol. in-18 bro. . . . . 1 fr.

DÉLICES DE LA JEUNESSE CHRÉTIENNE, ou
Recueil de Morceaux peu connus sur des sujets
religieux ; par M. PORNIN, professeur de philosophie, 1 vol. in-18 bro. . . . . 2 f.

DICTIONNAIRE historique de FELLER, revu par
HENRION, 8e édit. 20 vol. in-8o bro. . . . 45 f.

EUDOLIE, ou le Jeune malade, 2 vol. in-12, fig.
bro. . . . . , . . . 3 f.

ROSELINE ou de la nécessité de la religion dans
l'éducation des femmes, 2 vol. in-12 bro. . 3 f.

BIBLE DE ROYAUMOND, 267 figures, in-8o
bro. . . . . 3 f.

ÉTUDES D'UN JEUNE PHILOSOPHE CHRÉTIEN,
in-8o bro. . . . . 3 f.

ÉCOLE CHRÉTIENNE ; par madame de Renne-
ville, in-18 bro. . . . . 60 c.

FAMILLE SAINTE, ou Histoire de Tobie, in-18
bro. . . . . 60 c.

LUCIA MONDELLA, épisode des Fiancés de Man-
zoni, 4 vol. in-18 bro. . . . . 3 f.

SAINT-DENIS.— IMPRIMERIE DE PREVOT.